学校学不到的能力养成课

钱不够花怎么办?

[韩] 朴贤姬 / 著　　[韩] 金旼俊 / 绘　　高文丽 / 译

中信出版集团 | 北京

어린이행복수업-돈이많으면행복할까?
Will We Be Happy If We Become Rich? (Economy)
Text © Park Hyun-bee (朴賢姬)，2013
Illustration © Kim Min-jun (金旼俊)，2013
All rights reserved.
This Simplified Chinese Edition was published by CITIC PRESS CORPORATION in 2022, by arrangement with Woongjin Think Big Co., Ltd. through Rightol Media Limited.
(本书中文简体版权经由锐拓传媒旗下小锐取得Email:copyright@rightol.com)
Simplified Chinese translation copyright © 2023 by CITIC Press Corporation
ALL RIGHTS RESERVED
本书仅限中国大陆地区发行销售

目录

第一章 钱是如何产生的?

- **身边的故事** "分享集市"发行了代金券 2
- 有一辈子都不花钱的人吗? 4 • 钱是怎么来的? 6
- 在别的国家可以使用韩国的钱吗? 8
- 银行如何进行货币兑换? 10
- **快乐听故事** 变成悬赏通缉令的金币 11

第二章 价格由谁定?

- **身边的故事** 代金券泛滥的后果 14
- 为什么水的价格便宜,而钻石的价格昂贵呢? 16
- 世界上最昂贵的颜料是哪种? 18 • 世界上最昂贵的花儿是哪种? 20
- 用成捆的钞票玩搭积木? 22
- **快乐听故事** 一分钱都没有 23

第三章 通过消费遇见世界

- 身边的故事　世界上最好的足球 26
- 一件历经千山万水的毛衣 28　●把丑陋的橘子放到购物篮里 30
- 大猩猩因手机而走向灭绝？32　●小区里的那些小店 34
- 快乐听故事　公平贸易巧克力 35

第四章 钱多就会幸福吗？

- 身边的故事　一个穿牛仔裤很好看的少女 38
- 欲壑难填？40　●珍惜钱就是珍惜时间 42
- 打开钱包之前需三思 44　●钱并非幸福的钥匙 46
- 快乐听故事　点物成金 47

● 第五章 看了广告就想买!
　●身边的故事　骷髅图案套袖的秘密 50
　●电视剧的制作费用从何而来？52　●广告的钱由谁来买单？54
　●广告不止于广告 56　●隐藏在动画片里的广告策略 58
　●快乐听故事　公益广告的故事 59

● 第六章 钱的责任
　●身边的故事　分享幸运的集市 62
　●方圆百里无饥馑 64　●钱不是万能的 66
　●贫穷是谁之过？68　●向着人人幸福的国度进发 70
　●快乐听故事　捐赠让人更幸福 71

第一章

钱是如何产生的?

世界上最有用,同时也最无用的东西是什么呢?
答案是不是钱呢?似乎只要有了钱,
我们就可以买到任何东西,做任何事情。
但当我们在沙漠、深山等绝境遇险时会怎么样呢?
就算口袋里装满钱也毫无用处。
既然毫无用处,那么人们为什么把毫无用处的东西当作钱,
而不是把大米、布料等有用的东西当作钱呢?
理由是什么呢?

身边的故事 "分享集市"发行了代金券

未来小学四年级一班的同学们决定每个月都要做一件特别的事情。

这件特别的事情是什么呢?原来他们决定每个月都要举办一次分享集市,目的是把对自己没用,但可能对别人还有用的东西拿出来,与别人的东西交换。但是在举办第一期分享集市的时候,出现了一个大家始料未及的问题。

"我带来了一本超级有趣的漫画,我想用它来换一个足球,谁愿意和我交换?"俊永喊道。就在这时,贤浩循声带着他的足球过来了,俊永问他:"贤浩,你愿意把你的足球和我的漫画书交换吗?"贤浩答道:"不行,要是我把你的漫画书拿回家,我妈妈会不高兴的。"

敏智把她的书包带到集市上来了,因为别人送给她一个新书包,这个旧的就闲置了,她想用这个旧书包换一条牛仔裤。她对贤贞说:"我用书包换你的牛仔裤行不行?"可是贤贞却说:"不

好意思，我想用牛仔裤换胜贤的书。"可是，胜贤听了这话却做出了一副为难的表情，他说："怎么办呢？我不需要牛仔裤啊……"

同学们想交换的东西都无法配对，集市上一片混乱。在集市结束以后，负责组织本次分享集市的全体运营委员便召开了一次会议商讨对策。

"怎么办呢？大家想交换的东西都不一样，有没有什么办法让大家在这种复杂情况下也能相互交换？"大家七嘴八舌地提议说："只要我们像在真正的市场上那样用钱买卖不就行了吗？""这个主意不错，但是用钱买卖不符合我们分享集市的宗旨。"

经过漫长的讨论，全体运营委员终于想出了一个绝妙的办法：他们决定发行分享集市专用的代金券。

一个月以后，他们又举办了一次分享集市，每个同学都把自己带来的物品换成了代金券，然后又用代金券选择兑换自己喜欢的物品，最终大部分物品都找到了自己的新主人。

有一辈子都不花钱的人吗？

据说有些人一辈子都没有一分钱，也从没有花过钱。对此，你有什么看法呢？你是否会这么想："这些人太可怜了，也太穷了吧。"或者你会觉得好奇："一分钱不花真的能活得下去吗？"由于我们的生活与钱息息相关，你大概很难想象得出没有钱的生活是什么样子的。

但如果这是一个生活在朝鲜半岛三国时代百济国的人，你觉得这种情况可能会发生吗？朝鲜普通老百姓在买卖物品时使用钱是从高丽时期开始的，所以生活在之前时代的人，一辈子没有花过一分钱也是理所当然的事情了。

很久以前，人们的生活基本上都是自给自足，生活必需品都是由自己生产的。需要房子，他们就自己盖房子；需要食物，他们就自己种植或狩猎。可即便如此，一个人也不可能独自搞定所有的生活必需品，这时，他们就会把剩下

的物品拿到市场上，用来交换自己所需要的物品。比如，我家的木柴比较多，石头家的布料比较多，那么我就可以用木柴来交换布料，这种直接用物品交换物品的交易方式就叫作"以物易物"。

但是物品与物品交换也有许多弊端。比如，我家需要布料，但石头家并不需要木柴，而是需要鱼，那该怎么办呢？这样的话，就得找到能用鱼交换木柴的地方，然后再用鱼交换布料，对吗？而且木柴体积庞大难以长途运输，鱼容易坏掉，所以交易耗时不可以太长。总之，以物易物的时候问题层出不穷，处理起来非常棘手。

所以人们就想，要是在交易的时候有什么东西能够拿来做标准就好了，这种物品最好是每个人都需要的，且不会轻易变质，体积不能太庞大，重量也不能太重。经过重重筛选，人们终于发现了一些符合这些条件的物品，便把它们当作了交易准绳。历史上这些物品包括食盐、大米、布帛等，但这些物品仍然存在变质或沉重等缺点，只是程度相对稍微轻一些。

钱是怎么来的？

难道就没有更好的办法了吗？经过人们不断地思索、尝试，终于发明出了金属货币这种钱。一开始人们用金、银、铜称重的方式，后来又把金、银、铜制成了固定形状、重量的金币、银币、铜币，这样人们只需看形状就知道它们价值几何了，所以非常便利。

钱产生初始，并没有立即得到广泛使用，但人们用过之后发现非常方便，随着时间的流逝，越来越多的人便开始使用它。

钱的使用让交易越来越便利，所以与钱产生之前相比，交易量大大增加了。

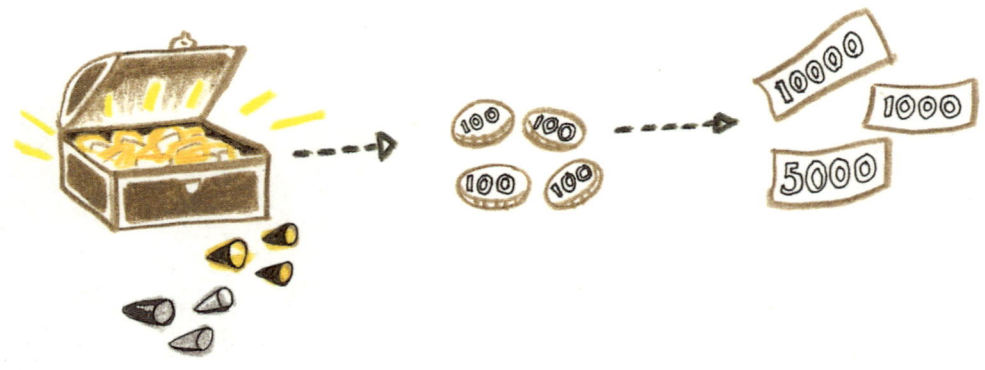

- -

预付还是后付？

韩国的交通卡分为两种，一种是充钱式的，这种交通卡需要持卡人提前充好钱才能使用；还有一种是后付式的，也就是说先使用后支付。使用后付式的交通卡时，持卡人乘坐公交车或地铁时不需要立即支付，这是因为交通卡发行公司基于对用户的信任，把钱借给了他们。

比起事事躬亲，什么东西都要自己生产，通过交易购买所需要的东西有许多优势。例如，当人们专注于生产自己擅长的产品时，就会比各种产品都生产的时候拥有更高的生产效率，产量也会相应地得到提高。同时，人们可以把自己用不了、用剩下的东西拿去卖掉，再用钱购买其他需要的东西，这样人们就可以生活得更富足一些。

随着交易量的日益增加，人们对钱的需求量也与日俱增，金银已经不能满足人们的交易需求了。加之在大宗交易的时候，往往需要很多钱，而金银又太过沉重了，所以经过不断地思索，人们终于想出了用纸做钱的办法，这就是纸币。

除了硬币、纸币之外，人们还会用另外一种东西购物，那是什么呢？大人们去超市买东西的时候经常不付钱，而是刷信用卡。信用卡虽不是钱，但却可以当作钱来用，而且信用卡又是用塑料做成的，所以很多人把它称为"塑料货币"。

在别的国家可以使用韩国的钱吗?

韩国|韩元

雅浦岛是南太平洋中的一座岛屿,时至今日,岛上的居民依然在使用石币。你可能会兴奋地想:"嘀,这世界上最不缺的就是石头了,我现在就带些石头去那里,那我不就变成富人了嘛!"且慢,如果这么做你可就要闯大祸了。

虽说雅浦岛上的居民以石为钱,但并非任意的石头都能当钱花,当地所使用的石币体积比较大,有些甚至有一人多高。一方面这样的石头十分难找,另一方面就算找得到,飞机也不给运载。所以,你最好还是放弃从这里背着石头到雅浦岛做富翁的幻想吧!

什么?把石头当钱花太奇怪了吗?可是在雅浦岛的居民看来,在纸上印刷图案把它当作钱花,或是把塑料卡片当作钱花,那才更奇怪呢!钱只是人们为了方便交易而做出的约定而已,所以不管它是什么东西,只要人们普遍接受,把它指定为钱,就可以把它当作钱来花。

既然钱是一个社会性的约定,那么到了另外一个社会里,是不是就会有别的约定了呢?大致而言,每个国家的约定都是不尽相同的,所以韩国的钱拿到别的国家是不能直接使用的。到外国去的时候,我们就要遵守那个国家的约定,使用那个国家的钱。

泰国|泰铢

想去非洲埃及怎么办?

银行里会有埃及镑吗?一般而言,银行里只有人们使用较普遍的币种,所以在韩国,你可能很难直接兑换到埃及镑。首先,你要去银行里把韩币兑换成美元或欧元等全球流通范围比较广的币种,再到埃及当地的银行把美元或欧元兑换成埃及镑。

假设我们一家子打算去一趟日本，但家里只有韩元，那该怎么办呢？答案是去银行，因为把本国的币种兑换成别国的币种属于银行的业务范畴，所以我们只需要带着韩元去银行兑换成日元就可以了。

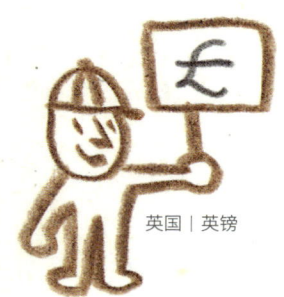

英国｜英镑

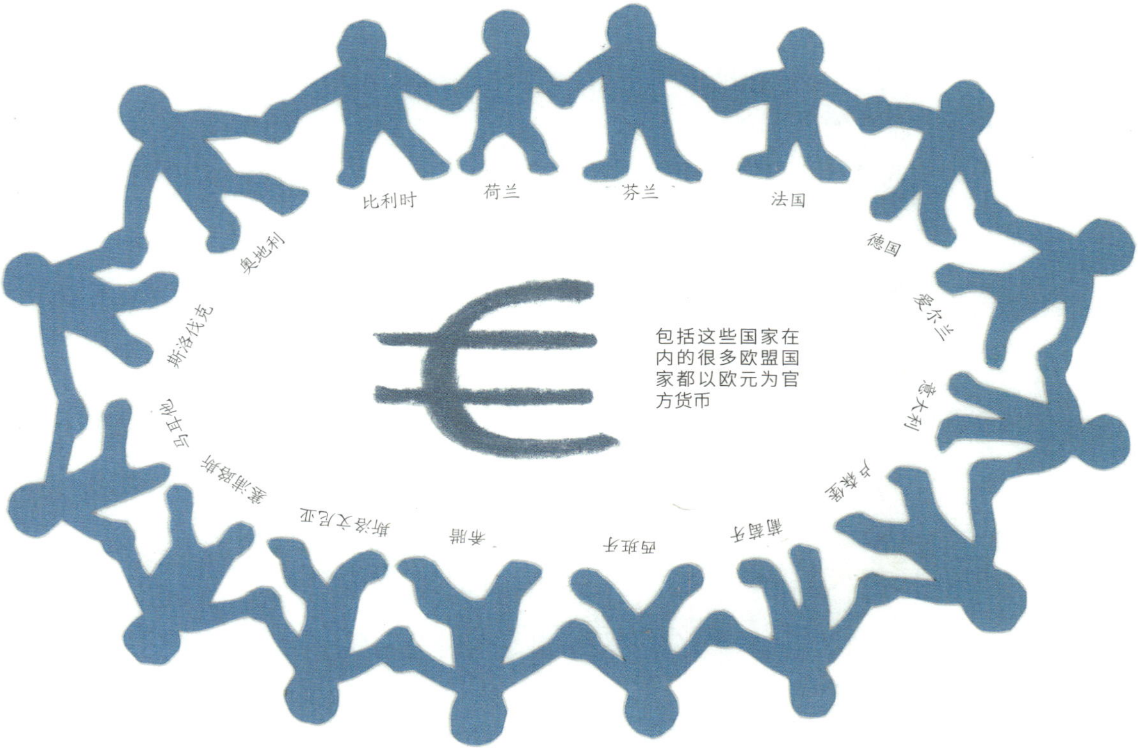
比利时
荷兰
芬兰
法国
德国
爱尔兰
意大利
卢森堡
葡萄牙
西班牙
希腊
斯洛文尼亚
塞浦路斯
马耳他
斯洛伐克
奥地利
包括这些国家在内的很多欧盟国家都以欧元为官方货币

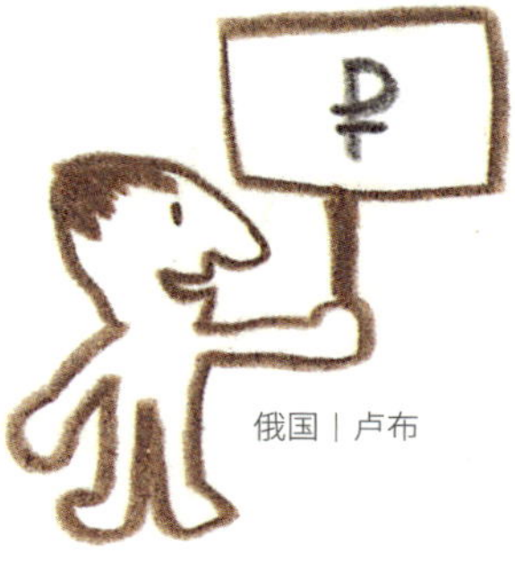
俄国｜卢布

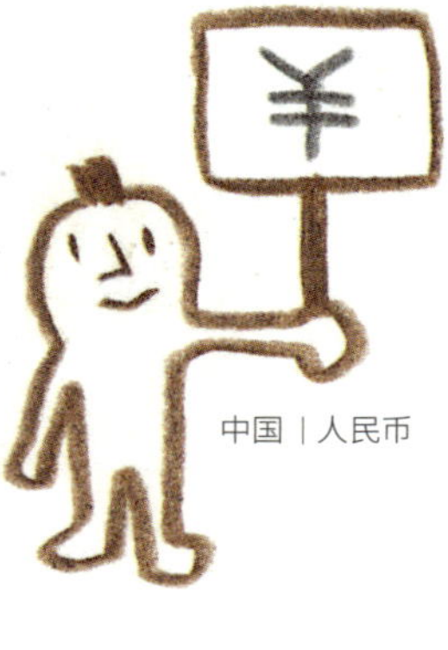
中国｜人民币

银行如何进行  货币兑换？

把韩元兑换成其他货币时，韩元的价值应当如何计算呢？要解决这个问题，我们就需要引进一个概念，这便是汇率。所谓汇率，就是"两国货币之间兑换的比率"。在韩国，提到美元汇率就是指兑换一美元所需要的韩元数量。举例来说，韩元兑换美元汇率是一千两百韩元，就是指一美元可以兑换一千两百韩元。

银行里经常会有一块电子屏，上面会显示当日的汇率，目的是方便人们了解当天外币的价格，但这并不意味着外币的价格是由银行决定的，银行电子屏只是起到告知的作用而已。

汇率、外币的价格，是随时变化的。比如，如果大家都想购买南瓜，那么南瓜的价格就会上涨。同理，如果需要同一种外币的人增多，那么该种外币的价格就会上涨。相反，如果需要某一种外币的人减少，或是国内这种外币增多的话，该外币的价格就会下降。

变成悬赏通缉令的金币

古时候，金币上面经常会铸有国王的头像，历史上还曾因此发生过一件趣事。18世纪的法国，国王拥有至高无上的权力，但是有一个国王却一味追逐享乐，根本不顾老百姓的死活。当时的老百姓已经濒临饿死的边缘，他却只顾自己建造豪华的宫殿，纸醉金迷，奢侈无度。为此，他变本加厉地剥削老百姓，这让老百姓身上的苛捐杂税更加沉重了。

于是，法国人民便觉得再也不能容忍这样的国王统治国家了，他们揭竿而起发动革命。革命发生以后，国王危在旦夕，便试图逃出法国。

经过重重险境，他终于成功逃到了法国边界的一个村庄，眼看逃亡就要得逞了，却在那里被截回巴黎，原来他的身份被边境村庄路检站的人识破了。当时不要说互联网了，连电视也没有，那么守卫路检站的人怎么辨识出国王的相貌的呢？答案是：因为国王的头像被铸在了金币上！人们自然每天都会看到他的相貌，不知不觉也就记住了。本来国王把自己的头像铸在金币上，目的是炫耀自己的权威，却不想这些金币最终   变成了自己的悬赏通缉令。

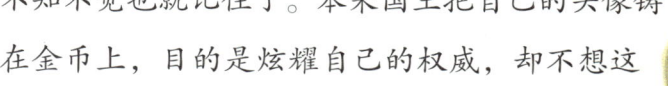

第二章

价格由谁定？

每一种待交易的物品都有各自的价格，
有的东西昂贵，有的东西便宜。
那么物品的价格是如何定的呢？
是由物品的销售者随意决定的，
还是由专门的机构定的呢？

身边的故事 代金券泛滥的后果

未来小学四年级一班今天举办了第三次分享集市。在第二次分享集市上，运营委员会发行了代金券，这让同学们感到非常便利，集市的运营也非常顺利，所以这次运营委员会便制作了许多代金券，希望每个同学都能领到充足的代金券，尽情地参加分享集市。

同学们兴高采烈地挑选着物品，由于这次的代金券比上次充足，所以每个人都放心大胆地挑选了起来。"我觉得自己变富有了！""这真是太棒了！"领到代金券以后，同学们都欢天喜地。那么，这次分享集市是否大获成功了呢？

不幸的是，问题又出现了。就在同学们排队等着购买物品的时候，他们发现集市上的东西很快卖完了。胜民说："我很想要那件T恤，我付两张代金

券，把那件T恤卖给我吧！"而在此之前，运营委员会规定每张代金券可以购买一件东西，也就是说胜民的提议破坏了这条规定。

这时，另外一个同学插话道："我早就看好这件T恤了！我付三张代金券，卖给我吧！"还有其他没有选到心仪物品的同学们也纷纷你一言我一语地嚷嚷道："我付四张！""你说什么？我付五张！"

就这样，T恤的价格水涨船高，教室里一片混乱，全体运营委员一筹莫展。本来好好排队的同学们这时把代金券随地一扔，高喊道："唉，有代金券也没什么用，这张废纸留给你吧！"

明明手里有代金券，却花不出去，同学们都心情低落地回家了。运营委员们一边打扫着满地的代金券和凌乱的教室，一边反思："唉，简直跟战场一样！""为什么会出现这样的状况呢？"

为什么水的价格便宜, 而钻石的价格昂贵呢?

去超市的时候你肯定曾注意到,货架上的商品琳琅满目,而每种商品都有各自的价格。你是否感到好奇呢?为什么这种东西便宜,而那种东西昂贵呢?

"商品的价格是不是由它们的用途决定的呢?有的东西很有用,而有的东西却用处不大。"

果真如此吗?人们亟须的东西就贵,不需要的东西就便宜吗?以水与钻石为例,如果让同学们在水和钻石之间选择一样,你会选什么呢?如果你选择了钻石,大概是因为钻石比较昂贵的缘故吧!

可是在选择的时候请你务必慎重。人没有水活不下去,但钻石对人的生存却没有什么意义。没有钻石,人能存活,但是没有了水,人却难以生存,所以在水和钻石之间,我们真正需要的是水,可是钻石的价格却更昂贵,所以说决

定物品价格的并不是物品的用途。

　　物品的价格大致是由购买者与销售者之间的关系决定的。物品的销售者希望尽可能卖得贵一些，而购买者则希望尽可能买得便宜一些，所以销售者会尽量抬高物品的价格，但价格太高的时候人们便会失去购买的兴趣。如果某种物品一件难求，而人们的需求量又恰恰很大的话，那么这种物品的价格便可以提高一些；反之，如果人们并不怎么需要这种物品，那么它的价格就要降低一些。

　　世界上的每个人都需要水，然而地球上的储水量也很大，所以水的价格很便宜，甚至当干净的水随处都是的时候，人们都无须购买，可直接免费饮用。

　　与需要水的人相比，需要钻石的人很少，可地球上的钻石数量也是很少的，所以需要钻石的人们之间就产生了竞争，钻石的价格也就变得很昂贵了。我们好幸运啊！要是水像钻石一样昂贵可怎么办呢？

世界上最昂贵的颜料是哪种？

如今，我们使用的染料都是一些化学原料，价格便宜，每种颜色的价格差别不大，但古时候却并非如此。因为当时人们使用的染料都来源于大自然，有一些颜色的原料比较容易找得到，用这些原料制作成的颜料价格就比较便宜，但有些原料却难得一见，用这些原料制作出来的颜料价格就十分昂贵了。

历史上最昂贵的颜料之一名为"群青"，这种颜料是通过一种叫作"青金石"的原料获得的，这种石头与大理石类似，可以研磨成细腻的粉质。群青曾在欧洲风靡一时，但青金石却不是一种常见的石头，必须从遥远的阿富汗进口。

在文艺复兴时代，即使像列奥纳多·达·芬奇、米开朗琪罗这样的天才画家在画画时也需要遵从订货人的意志，因为当时绘画的颜料非常昂贵，绘画作品的销售市场也不成熟，对于画家来说，必须有订货人才能作画，并以此维持生计。当时，订货人对于作品的要求往往非常细致，从作品的素材、主题、面积，到使用的颜色都会有所要求。

达·芬奇的作品《岩间圣母》就是根据订货人的要求创作而成的，为了表现圣母马利亚的高贵，达·芬奇把她的衣服涂成了群青色，这么看来，这幅作品的订购人必定是一位了不起的富翁，富到足以让他对达·芬奇提出随意使用昂贵颜料的要求。

衣服越贵越好？

有一家百货商店因为失误，给一件价值二十万韩元的衣服贴上了价格两百万韩元的标签。这件衣服贵得如此离谱，照理说消费者肯定不会去问津，对吗？可结果恰恰相反，那件衣服瞬间就被抢走。真让人瞠目结舌！

我突发奇想：如果群青不是那么昂贵的话，它还会那么受欢迎吗？有没有这种可能：群青的价格之所以那么昂贵并非因为人们喜欢它，反而正是因为它昂贵的价格，才让它备受人们的青睐呢？

世界上最昂贵的花儿是哪种？

世界上最昂贵的花儿是哪一种呢？我虽然不知道现在哪种花儿的价格最贵，却知道历史上最昂贵的花儿是哪一种，它就是郁金香。

这件事发生在16世纪时的荷兰。故事的开端十分偶然，荷兰有一位被派遣到奥斯曼帝国的大使把一些郁金香的鳞茎送给了当时荷兰最了不起的植物学家，郁金香从那时起便开始在荷兰繁殖，这种美丽的花立刻引起了人们的狂热追捧，郁金香的价格也水涨船高。

当时，如果能买到郁金香的鳞茎并耐心侍弄，让它第二年开出花朵的话，便能获得一笔可观的收入。于是每个人都争先恐后地购买郁金香鳞茎，在这种形势下，郁金香的价格更加暴涨……随着事态的发展，郁金香的价格已经昂贵到令人咋舌的地步，甚至有人不惜卖掉房产乃至举债来投资郁金香。前面我们曾经讲过，一种东西，有意购买的人越多，价格就会越高，对吗？在这种情况下，希望购买郁金香的人已经多到了不可理喻的地步，所以它的价格也是高得离谱。

那么郁金香的价格究竟高到什么程度了呢？一株能开出红色条纹花瓣的皇帝郁金香，其鳞茎价值居然高达六千荷兰盾。这是什么概念呢？当时普通工人的年薪不过两百至四百荷兰盾，一个普通家庭一年的生活费一般是三百荷兰盾。是不是太令人震惊了？一株郁金香鳞茎的价值居然顶得上一个普通家庭二十年的生活费！

这样不可理喻的事情肯定持续不了多久，对不对？1637年，郁金香市场的巨大泡沫终于破碎了。当郁金香的价格昂贵到离谱的时候，人们便不再愿意投资它了，于是它的价格便开始暴跌，那些曾经狂热进行投资的人最后只能落得债台高筑的下场。

如今想来，在一株郁金香身上投入那么多资金，你是不是感觉那些人简直愚不可及？可当时的人们已经完全被"买郁金香能赚钱"的表象迷住了双眼，根本无暇思考郁金香的价格是否合理，但这种事情果真只发生在当时的荷兰吗？

用成捆的钞票玩搭积木？

请你先看一下本页的插图，小朋友们是不是正在玩搭积木的游戏呢？可定睛一看，小朋友们用来搭积木的玩具居然是一捆捆的钞票！嚯，这家人该是多么富有！

其实，这些孩子是因为家境贫穷，没钱买玩具，才把这些钱当作玩具的，这话听起来是不是荒唐至极？这件荒唐的事情就发生在第一次世界大战之后的德国。那么这究竟是怎么回事呢？

在第一次世界大战中，德国战败，而英、法、俄等战胜国则向德国提出了巨额赔款的要求。为了偿还战争赔款，德国政府可谓绞尽脑汁，最后终于想出了一个主意：印钞票！

刚发行完的时候情况还不错，可没过多久问题就来了：市场上流通的钱太多了。钱太多怎么就成问题了呢？这是因为钱虽然多，商品却相对匮乏，所以物价也就高到不可思议的程度。究竟高到了什么程度呢？就连买面包都要拉着满满一车子钱去。这种物价飞涨的情况就被称为"通货膨胀"。

钱多看似是一件好事，但钱太多却是一个大问题，而政府的工作之一就是调节市场上钱的数量，防止物价飞涨的情况发生。

一分钱都没有

当你对妈妈说："妈，给我点零花钱！"而妈妈回答"一分钱也没有"的时候，她是什么意思呢？是一点钱也没有的意思吧？那么"一文钱"又是什么意思呢？这个词的渊源还要从景福宫说起。

景福宫建造于李氏朝鲜王朝成立之初，是朝鲜王室权威的象征，但是在壬辰卫国战争的时候，景福宫曾被付之一炬。到了朝鲜王朝末期，兴宣大院君为了恢复王室的权威，便开始了重建景福宫的工程。

可问题就出在资金上，需要花钱的地方太多了，可王室却没什么钱，所以王室便发行了一种叫作"当百钱"的货币，可这种货币发行的数量太多了，以至于产生了严重的通货膨胀。

当百钱发行初期，一石米的价格是七至八两当百钱，但一两年之后，大米的价格涨到了原来的六倍。

物价涨得厉害，当百钱贬值，越来越不值钱了，所以人们便用"当百钱一文都不值"来形容贫穷的状况，后来这句话就慢慢变成了"一文也没有"，意思是：实在囊中羞涩。如果按照现在的表达方法，这句话就应该变成"一分钱也没有"了吧。

人们通过消费与世界"结缘"。

比如，我们之所以能吃上米饭，是农民、商人与爸爸妈妈的功劳：

农民种植水稻，商人销售大米，爸爸妈妈则为我们做饭。

可是世间既有"良缘"，也有"恶缘"。

比如在挑选牛奶时，如果你选择的牛奶是健康饲养的奶牛生产的，

就算是与地球结下了良好的缘分。

那么，怎么才能通过消费与地球结下"良缘"呢？

第三章

通过消费遇见世界

身边的故事 世界上最好的足球

未来小学四年级一班举办了第四次分享集市，运营委员们对于集市的运营已经颇有经验，所以这次集市举办得非常顺利。

但这次的集市上又出现了一个颇伤脑筋的问题：有一样东西让班里的同学都垂涎不已，那便是一个几乎全新的足球。这个足球闪闪发亮，很多同学一早就相中了它，所以这个足球到底应该归谁就成了一个令人头疼的难题。

"我的足球太旧了，经常漏气，没法踢，所以我一定要这个足球。""我把自己的足球弄丢了，妈妈埋怨我没有照看好自己的东西，所以不给我买新的。"每个人都提出了自己想要这个足球的理由，每个人的理由也似乎都合情合理，这么一来决断起来就更加困难了。

这时，足球原本的主人智善说道："我有一个好主意，把这个足球当成是我们班共同所有的不就行了吗？我可以把它捐赠给我们班。"智善的这个决定实在太棒了，四年级一班的同学们不禁为她鼓掌欢呼了起来。

可是智善接着说："但我有一个条件，你们必须听我讲一个故事。这是一个善良的足球，它是支持公平贸易的。"话音未落，一位同学说道："足球又不是人，哪有什么善良不善良之分呢？"

"我知道一定会有人这么说，但你们听我说完之后，一定会有不同的想法。听说巴基斯坦的很多小朋友们都没办法上学，他们一天到晚都在做缝制足球的工作，忙碌一整天只能勉强缝制两个，而缝一个足球大约只能赚150韩元，小朋友们辛苦缝制的足球，最终会被一些大企业以高昂的价格卖出去赚取利润。但是'公平贸易足球'却不一样，这种足球产自为工人支付了合理报酬的企业，那些小朋友们因此便能够去上学了。"

从那以后，四年级一班的同学们踢足球时一定要用这个公平贸易足球。当别班的同学向他们炫耀价格高昂的名牌足球时，他们回答道："不管怎么样，你们踢的是糟糕的足球，而我们踢的是善良的足球。"

一件历经千山万水的毛衣

　　生活在美国的杰奎琳从一位叔叔那里收到了一份礼物：一件蓝毛衣。她非常喜欢这件毛衣，每天都把它穿在身上。可是有一天，她在学校里受到了另一个孩子的嘲弄，从此以后她便再也不愿意穿这件毛衣了，于是就把它卖给了旧衣店。时光荏苒，杰奎琳早就把这件事忘到了九霄云外。

长大以后，有一次杰奎琳去卢旺达旅行。在那里，她看到了一个少年身上穿着一件她十分眼熟的蓝毛衣，这让她大吃一惊，因为眼前这件毛衣就是她年少时曾经穿过的那一件。

通过这件事，杰奎琳明白了世界上的人们是如何紧密相连的，并决定为消除非洲的贫困而贡献自己的一份力量。她把这段经历写成了一本书，题目就叫《蓝毛衣》。其实，我们也会在生活里经历与杰奎琳相似的事情。

织毛衣需要用毛线，如果想要毛衣柔软、暖和，必须用以羊毛为原料的毛线，世界各国都出产羊毛线，其中土耳其便是出产羊毛线较多的国家之一。土耳其人在草原上牧羊，把从羊身上剃下来的羊毛制成毛线。

生产毛衣的公司总部设在意大利，在这里会有人专门从事设计毛衣的工作。然后，相关人员会从土耳其购买适合这种设计的毛线，转运到中国等地。

中国的工厂会按照订单所要求的设计进行生产，毛衣生产出来以后，会贴上意大利本部公司的商标，包装整齐之后运送到世界各国销售，其中有一些会被运到韩国，摆放到商店的货架上，然后你们就可以和爸爸妈妈一起去选购了。

怎么样？在你把这件毛衣穿到身上之前，它是不是历经太多人、太多国家了呢？所以，在购买这件毛衣的时候，你已经与许多国家、许多人产生了关联，而你所拥有的每一件物品几乎都是如此。

把丑陋的橘子放到购物篮里

假设你正在市场上挑选橘子，你会挑什么样的呢？你是不是会挑大个儿的、金灿灿的那种呢？那么，你有没有亲眼见过树上结的橘子呢？树上结的橘子并不像我们在市场上看到的那般金灿灿、黄澄澄，有很多橘子看起来其貌不扬。那么这些橘子是如何实现华丽变身的呢？

农民在采摘的时候，一般都会把那些丑陋的橘子挑出来，因为这些橘子的商业价值会大打折扣。可如果这种丑陋的橘子数量太多，是不是就不太好办了呢？农民辛辛苦苦劳作一年，如果这些果实卖不掉的话，他们就会很伤心。

为了让橘子长得个头大、漂漂亮亮的，农民会给橘子树喷洒很多农药，让小鸟和虫子都不敢随意靠近。这纯属无奈之举，目的是产出质量好、产量高，能卖出高价钱的橘子。

为了便于保鲜和运输，生产者会在水果表面涂抹一种人工果蜡，然后投放市场。人工果蜡是从天然物质中提取的，食用水果时摄入少量天然果蜡并不会损害我们的健康。但有一些无良商家，为了节省成本，会用工业蜡给水果打蜡，这里面便含有对人体有害的物质。

所以你知道了吗？我们所购买的看起来漂漂亮亮的橘子，其实都是经过挑选和包装的。

那么，人们在生产和销售橘子的时候为什么要使用这些农药或蜡呢？肯定是因为消费者喜欢这种富有光泽又漂漂亮亮的大橘子吧？当人们意识到，那些稍微丑陋一些、粗糙一些却没有使用农药和蜡的橘子才更加健康的时候，农民和商人也会更加谨慎地使用农药和蜡了吧？

世界会随着我们的消费而改变，如果你想让农民越来越多地生产这种有益于人类健康、有益于地球环境的农产品，那么在购买橘子的时候，可以选择丑陋一些的，而不要再去刻意挑选金灿灿的那种了。

无农药的有机产品

近些年，人们对那些有益于环境的、健康的产品关注度越来越高，而那些不使用农药、化肥的产品也越来越多。那么，究竟哪些产品是没有使用农药、化肥的呢？答案是，这些产品上面都贴有无农药、绿色、有机的标签。

大猩猩因手机而走向灭绝？

你想拥有一部新型手机吗？现在的手机型号太旧，让你感到丢脸吗？你知道吗？我们购买新手机，刚果民主共和国的孩子可能会因战争失去父母，而那里的大猩猩也在走向灭绝。

人们在制造手机电池时需要用到一种名为"钶钽铁矿"的原料。从前，钶钽铁矿这种资源并不受瞩目，但是随着手机用户的日益增多，钶钽铁矿在全球范围内的需求量都在高涨，钶钽铁矿的价格也随之翻了十倍以上。

钶钽铁矿埋藏量最多的地方就是刚果民主共和国，全球百分之六十以上的钶钽铁矿都埋藏在卡胡齐-比埃加国家公园一带。刚果民主共和国位于非洲中部，政治极不稳定，因为周边国家与一些强国对这里丰富的自然资源垂涎不已，一直在虎视眈眈地等待机会。人们对钶钽铁矿的需求量越大，刚果民主共和国就越不和平，所受到的威胁也越来越多。

而且在挖掘钶钽铁矿的过程中，刚果民主共和国的森林遭到了严重的破坏。在钶钽铁矿的价格飞涨以后，人们纷纷拥到这片土地上滥伐树木、抽干河水。卡胡齐-比埃加国家公园本来是著名的大猩猩栖息地，1996年，这座公园里曾生活着两百八十多只大猩猩，但是到了2011年就只剩下两只了。

怎么做才能拯救大猩猩？

要拯救大猩猩，我们能做些什么呢？那便是爱惜手机，尽量少买新手机，对于不再使用的旧手机，一定要送到废旧手机回收处，这样便可以实现钶钽铁矿等多种金属资源的重复利用。

33

小区里的那些小店

都市人习惯到大型折扣超市去购物，社区里的那些小店渐渐没有了顾客，处境日益艰难。

东西卖不出去，店里的商品都蒙上了一层灰尘，好不容易有顾客上门，看到这副模样也都备感失望，转身又奔向了大型超市。于是，小店的生意每况愈下，商品上的灰尘越积越多，境况越来越艰难，最终，社区里倒闭的商店越来越多。

而在大型超市，人们一不留神就会买到许多并不需要的东西。许多原本并没有购买打算的商品，却鬼使神差地放到了购物篮里。在高折扣的商品面前，人们很容易动心，被便宜的价格所蛊惑，以致购买了许多毫无用处的东西。家里的东西堆得越来越多，很多食品来不及吃就坏掉了。

你以为自己买到了物美价廉的东西，并为自己的节约而沾沾自喜，实际上你所买的很多东西根本派不上用场，白白花了许多冤枉钱。为了拯救社区商店，同时节约家庭开支，去大型折扣超市购物时最好控制一下购物欲，也不妨适时光顾下社区商店。

公平贸易巧克力

你喜欢吃巧克力吗？巧克力的原料是可可豆，西非的科特迪瓦分布着六十多万个可可树农场。

在这些可可树农场里，许多九岁至十二岁的儿童每天像奴隶一样劳动十二个小时以上，数量超过三十万人。这些孩子每天所做的工作包括爬到可可树上采摘可可果实、喷洒农药、除草等。他们不仅没办法上学，连正当的报酬都没有保障，甚至吃不饱肚子。

这当然是不对的，所以就产生了一种"公平贸易巧克力"。这种巧克力所使用的可可豆并不是通过剥削儿童生产出来的，而是以正常的价格从生产者那里购买来的，所以这种巧克力的价格会相对贵一些。

可可豆的价格实现正常以后，可可树农场的主人便可以让孩子们吃饱肚子，也可以让孩子们去上学了。正是由于人们选择购买公平贸易巧克力，那些被迫在科特迪瓦可可树农场劳作的孩子们才有机会去上学。这便是通过消费与世界结成的"良缘"。

第四章

钱多就会幸福吗？

想要拥有的东西太多，
所以希望拥有很多很多钱，是吗？
拥有很多钱，就一定是好事吗？
拥有多少钱才是幸福的呢？我们一起来思考一下吧！

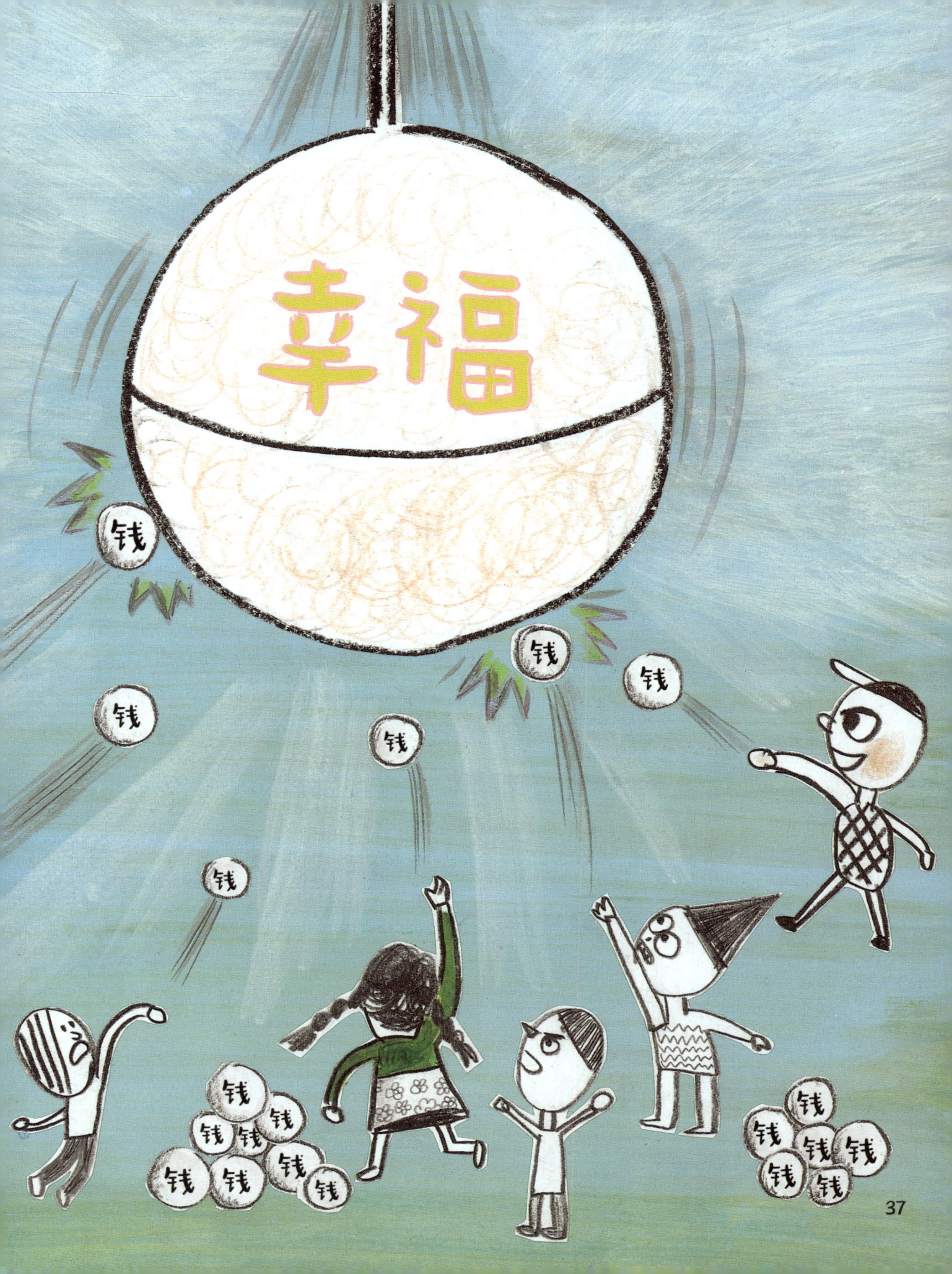
幸福
钱

身边的故事 一个穿牛仔裤很好看的少女

未来小学四年级一班举办了第五次分享集市，尚美带来了一条牛仔裤，她很久之前就想把这条牛仔裤处理掉了。

从一开始尚美就不喜欢这条牛仔裤，她想买的是百货商店里最新款的牛仔裤，可是妈妈却在百货商店前面的地下通道里，买了这个连牌子都没有的便宜货。

回家的路上，尚美甚至暗暗地想："等我以后赚了钱，一定要买一大堆自己喜欢的衣服。"这条牛仔裤她只穿了两次，就把它拿到分享集市上来了。珍熙非常喜欢它，便把它买了下来，她甚至对尚美说："这么漂亮的牛仔裤，你把它卖掉了将来不会后悔吗？"而四年级一班的同学们看到珍熙挑了这条牛仔裤，都有些吃惊，因为珍熙平时穿的衣服都非常漂亮。

从那天起，珍熙便每天都穿着这条牛仔裤，而这条牛仔裤穿在她的身上看起来也非常漂亮，她用自己原有的衣服来搭配这条牛仔裤，看起来十分和谐。尚美有些嫉妒，也隐隐有些后悔。

几天以后，尚美一边叹着气，一边对珍熙吐露了自己的心事："我不该把这条牛仔裤拿到分享集市上来，我真蠢。"珍熙一边笑着一边对尚美说："要是你还想要的话，我可以再把它还给你。"尚美说："不用了，这条牛仔裤穿在你身上才显得好看，我本来很讨厌它的。"

尚美后来才了解到，原来珍熙一家的衣服基本上都是通过这种方式选购的。珍熙呵呵笑着说："在我家，当大家说'我们去买衣服吧！'，并不是指去百货商店或商场，而是指去旧货市场，一开始我也很讨厌这样，但现在却很享受。当我发掘出别人不需要或扔掉的东西再好好利用的时候，我就觉得自己是一个了不起的探险家或者发明家。"

尚美这时才明白，并非一定要花大钱买昂贵的衣服才能变成时尚达人，也并不是只有这样才会让自己开心起来。

欲壑难填？

有一个成语叫作"欲壑难填",意思是人的欲望没有止境。仔细想来,似乎确实如此。当你一个星期只有三千韩元的零花钱时,就会想,要是每周有五千韩元就好了,但是等你真的有了五千韩元的零花钱,你还是会觉得不够。本来你以为只要拥有一部普通手机就会很开心了,可当你看到其他的人都有了智能手机,便希望自己也有一部。

那么欲望真的没有止境吗?你有没有吃过自助餐呢?在自助餐厅,人们只要支付一定的金额,就可以随便吃喝。自助餐厅里各种美食堆积成山,真可谓是人间乐园了。但实际上,人们吃下的食物并不像想象的那么多,一般吃掉一两盘子食物,肚子差不多也就饱了。虽说欲望无止境,但肚子吃饱以后,对食物的欲望也就基本消失了。

拥有很多漂亮衣服的人就会开心吗？我觉得，只要有十套漂亮的衣服，我应该就会很开心了，三十套衣服仿佛也不错，但如果有一千套呢？家里应该铺天盖地都是衣服了吧？说不定我需要在衣服上面吃饭，甚至盖着衣服睡觉，而这些衣服我也根本穿不了。虽说欲望无止境，但人们对于衣服的欲望到了一定程度之后也会降低。

但是，确实有那么一种东西，会让人产生无止境的欲望，那便是钱。钱本身虽然没有一点用处，却可以用它与自己想要的东西交换，不管是食物、衣服还是玩具，只要是自己想要的，基本都可以用钱买到，所以人们对于钱的欲望似乎真的是没有止境的。

但这并不意味着可以放任自己对于金钱的欲望。人们会为了身体健康而调节饮食习惯，同理，也应该为了幸福而控制自己对金钱的欲望，这才是明智之举。

中了彩票就会幸福起来吗？

有一个词叫作"一夜暴富"，意思是一个人突然间变得十分有钱。那么那些中了彩票一夜暴富的人后来变得更幸福了吗？恰恰相反，大部分中了彩票巨额奖金的人都比从前更加不幸了。他们当中有的人因为周围人总是朝自己伸手要钱而被迫搬家，而有的人则因此变得家庭矛盾重重。

珍惜钱 就是珍惜时间

跟以前的人相比，现代人的物质生活水平已经非常高了。人们吃更多的肉，穿更多的漂亮衣服。人们只要按下一个按钮，就可以享受电视带来的愉悦；宅在家里安坐不动，就可以通过电脑知晓天下大事；不必劳动双腿，汽车就可以带我们去想去的地方。

但这些物质享受都需要花钱，而且想要享受更好的物质条件，就需要花更多的钱。所以为了赚更多钱，人们的工作时间渐渐地变得越来越长。工作繁忙，所以与家人在一起的时间就越来越少，与朋友共度的时间也越来越少，在兴趣爱好方面花的时间也越来越少，甚至连睡眠时间都被大大压缩了。

有的人工作一个小时赚五千韩元，这意味着他把自己生命中的一个小时以五千韩元的价格卖掉了。假如工作结束以后他与朋友相约到咖啡店喝一杯咖啡，而这杯咖啡的价格恰好是五千韩元，那么这相当于他支付了一个小时的时间用来购买这杯咖啡。

所以，我们花钱就是在消费人生中为赚钱而花费的宝贵时间，所以当一个人胡乱花钱的时候，也就意味着他在肆意挥霍时间。

买到了最新型号的电脑，人们会感到非常愉悦；经常添置新衣服，人们会很开心；住在宽敞的房子里，人们感觉也很不错。但是你要考虑清楚，为购买这些东西而花钱，就相当于在花费爸爸妈妈的时间，节约钱也就意味着节约我们的时间。明智的消费可以让我们不受钱的左右，从而生活得更加幸福。

用时间购买需要的东西

有这样一部电影，讲述了一个通过支付时间来购物的社会，这部电影的名字就叫作《时间规划局》。在电影里，不管是买食物、坐公交还是交房租，生活中所需要的任何东西都要用时间来支付，而当一个人所有的时间都耗尽的时候，就会立刻因心脏停搏而离开世界。富人能够长命百岁，而穷人必须依靠艰难的劳动来换取时间。

打开钱包之前 需三思

我们的零花钱是固定的，而爸爸妈妈口袋里的钱也是固定的，因为世界上并不存在魔法钱包，没有取之不尽用之不竭的钱，所以我们必须靠着有限的钱生活下去，并且在其中寻找幸福之道。

你是否曾经想买一个名牌书包呢？因为同学们都有了，所以你也必须拥有，对吗？于是你也买了一个，这种行为便称为"模仿消费"。这种消费一定会招致浪费，购买负担不起的东西，会让你的钱包不堪重负，也会买到一些并不适合自己的东西。

你可能会说：可是，所有的同学都背着这样的书包呢！首先我想问一句：真的是所有的同学都背着这款书包吗？是不是因为你自己太想拥有，以致你的眼睛里只看得到这款书包，从而误以为所有的同学都在背这款书包呢？

当你的同学购买了一个新书包，而你觉得这个新书包非常流行，便费尽心思也买一个同样款式的。那么很遗憾，这个书包很快就会过时。想一想，背着这个书包炫耀自己拥有最新款式的时间还剩下多少呢？

你已经拥有三个书包了，并且这三个书包都还很好很新，可你依然想要买这个新流行的书包，即使你明明知道这个书包很快就不再流行。如果是这样，那就买吧！因为我们的行动并不总是受理性支配。

但是你要记住：这种事情只能有一次。如果这种事情经常发生就麻烦了，因为我们并没有魔法钱包。一个新书包带给人幸福的时间真的很短暂，所以在打开钱包之前，请你一定要考虑清楚，这笔钱要花在哪里才能让你的家人更加幸福。

为了装样子而花钱？

20世纪初美国的百万富翁之间曾经流行着一种行为：把香烟包在一张一百美元的纸币里，抽烟的时候直接点燃纸币。当别人用羡慕的眼神看着自己抽着用一百美元包裹的香烟时，他们觉得极为刺激。这种消费就叫作"炫耀性消费"。炫耀性消费的行为不值得提倡，损毁货币这种行为更恶劣。

钱并非幸福的钥匙

思特里克兰德是一位证券经纪人,他勤勤恳恳地赚钱,为了家人鞠躬尽瘁。可是突然有一天,他决定放弃一切,到别的地方去画画。他说:"我要画画,否则我将对眼前的一切忍无可忍。对于一个溺水的人来说,采用什么样的泳姿有什么要紧,不管用什么办法,要先从水里游出来再说,否则他就会被淹死。"

如果不去画画,他仿佛立刻就会变成行尸走肉,这份迫切的愿望指引着他,让他走向了一种"贫穷但能去做自己喜欢的事情"的生活。这个故事出自威廉·萨默赛特·毛姆的《月亮与六便士》,主人公以著名画家高更为原型,这部小说也因此更加出名了。

每个人都想过得更加幸福,有许多学者曾针对幸福做过许多研究。幸福的钥匙是什么呢?一个有趣的事实是,幸福的钥匙与钱没有丝毫关系。当一个人做着喜欢的事,让别人变得愉悦,被别人称赞为"好人"时,他便会幸福起来。

点物成金

希腊神话中有一个故事,讲的是弗里吉亚国王迈达斯,他曾经恳求酒神狄俄尼索斯把点金术传授给自己。学会这种本领之后,凡是他的手碰到的东西,都会变成金子,狄俄尼索斯答应了他。在获得了点物成金的能力以后,迈达斯一度感到非常幸福。他碰到桌子,桌子会变成金的;他碰到床,床也变成了金的。但他的幸福能持续很久吗?不能。因为很快问题就来了:他没办法吃东西。当他要吃面包的时候,面包变成了黄金,吃肉的时候肉也变成了黄金,他甚至没办法喝水,也不能拥抱自己心爱之人,连女儿都变成了金人。

迈达斯最终向狄俄尼索斯祈求,他要收回自己的愿望。狄俄尼索斯告诉他,只要在帕克托罗斯河里沐浴便可以。迈达斯根据他的指示洗完澡以后,终于摆脱了这种点物成金的能力。

人往往都想要许多钱,以为钱多了就一定会幸福,但是迈达斯的故事告诉我们,钱多了并不意味着人就一定会幸福起来。没有钱当然是悲哀的,但是钱太多也往往会成为困扰。

第五章

看了广告就想买!

我们的身边到处都是广告。看电视的时候有广告,上网的时候有广告。

走在路上会看见广告,大门口也会有广告。

广告看多了,就会产生购买的欲望。

那么,看完广告以后,人为什么会产生购买的冲动呢?

49

身边的故事 骷髅图案套袖的秘密

"真是太好了,经历了前面各种各样的事情,今天的第六次分享集市应该会很顺利了吧。"分享集市的运营委员尚美说道。其他的运营委员也纷纷点头表示同意,这时灿宇严肃地说:"可是还有一件令人感到十分诧异的事情。""怎么了?又发生了什么事故?"其他的运营委员吃惊地问道。灿宇说:"事故倒算不上,就是有些奇怪。我从来没有想过要买骷髅图案的套袖,结果这次我买了两副。为什么会这样呢?"大家都说:"套袖我也买了呀!怎么了?很好看呀!"

运营委员们纷纷把自己的骷髅图案套袖拿了出来,天哪,原来每个人都买了!每个人都买了同样的东西,这不是很令人吃惊吗?为什么会发生这样的事情呢?

"这个套袖是政敏卖的,今天她带了三十副过来,好像都卖掉了吧?"当运营委员们七嘴八舌讨论的时候,灿宇正在思索:"这里面肯定有我们没有注意到的问题。"

第二天,灿宇依然没有解开他的疑惑,所以便直接去问政敏她为什么能卖掉那么多副套袖。政敏便骄傲地告诉了灿宇事情的原委。原来,政敏家里有很多副骷髅图案的套袖,都是她小姨家店里卖不掉的。政敏觉得,要是能把这些套袖拿到分享集市上卖掉就好了,于是她开始绞尽脑汁想办法。

你是否也对政敏的销售策略感到十分好奇呢?原来在分享集市举办的前一周,政敏找到了他们学校的秀美和贤民,拜托他们戴着骷髅套袖拍几张照片,他们同意了政敏的请求。政敏把这些照片传到了他们班网站的主页上，还打印出来分发给了同学们。

秀美和贤民戴着骷髅图案的套袖，一个看起来貌美，一个看起来帅气。很多同学开始并不怎么在意，可是这些照片看得多了，也渐渐地觉得很漂亮。所以，当骷髅图案的套袖出现在分享集市上的时候，大家便蜂拥而上一抢而空了。

电视剧的制作费用从何而来？

电影与电视剧之间有很多区别，其中最大的不同便是我们需要到电影院去付费看电影，却可以在家里免费看电视剧。

电影制作要花很多钱，但电视剧的制作同样也花销很大，那么这项费用由谁承担呢？是电视台吗？那么电视台又是如何盈利的呢？答案是：接收各个公司的委托，在电视上播放广告，然后再用这份钱制作各档节目。

对于电视台来说，广告接得越多、广告费越贵就能赚到越多的钱。那么，怎么才能做到这一点呢？

对于这个问题的答案，我们只要站在投放广告的那些公司的立场上去想就知道了。他们为什么要掏钱做广告呢？当然是希望更多的人看到广告，让更多的人购买本公司的产品。在一些收视率高的节目前后的时间段投放广告往往效果最好。所以一档节目的收视率越高，广告费也就越贵。

为了提高收视率，各大电视台之间展开了激烈的竞争。在韩国，当一部电视剧的收视率高的时候，电视台经常会把它的播放时间延长；反之，如果收视率比较低，电视台往往就会提前终结它。他们这么做都是因为收视率的竞争。

一部热门人气电视剧会有多少广告收入呢？

在韩国，一集六十分钟的电视剧最多可以投放六分钟的广告，而每个广告的长度在十五秒左右。广告费用会根据收视率的不同而上下波动。以一部比较受欢迎的电视剧为例，一般而言一个长约十五秒的广告价格在一千三百万至一千五百万韩元，所以一集电视剧就有三亿多韩元的收益了。

53

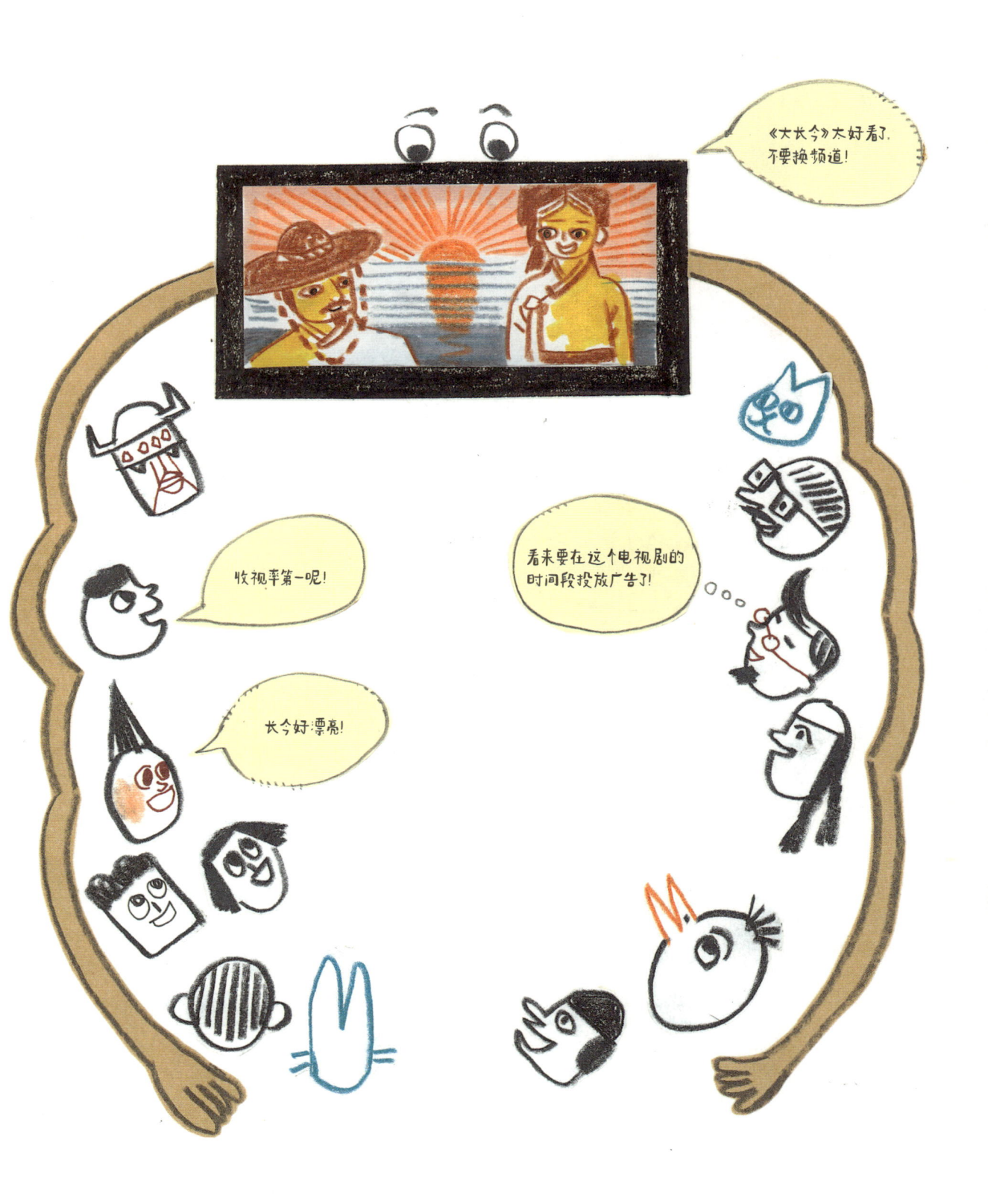

广告的钱由谁来买单？

　　你想买方便面，到超市一看，方便面的种类令人眼花缭乱，那么你会挑选哪一种呢？是不是会挑选比较著名公司的产品呢？那么这个公司是怎么出名的呢？你是怎么知道这个公司的方便面很有名呢？这都是广告的效果。广告投放得越多，人们就对这个公司和它的产品越熟悉，也就会认为这个公司很有名气，并且相信这家公司之所以有名气是因为它的产品质量好。

　　你有没有选择一种新口味的方便面呢？你是怎么知道这家公司出品了新的口味呢？这也都是广告的效果。当一家公司推出新产品的时候，就会通过广告来告诉人们，因为销售一款寂寂无闻的新产品实在太难了，你说对吗？当人们听说了这种新口味的方便面，就会想去尝试一下。

如今，大部分产品的制作工艺、生产技术都非常发达，所以质量上乘的产品如雨后春笋般层出不穷，人们经常不知道该挑选哪一种才好。这时，广告就发挥了自己巨大的力量。

例如，当你想购买一台新冰箱的时候，如果要一一比较冰箱的耗电量、马达功率、冷冻效果等参数，其实并不容易，而且冰箱的设计风格也都大同小异，所以就更让人举棋不定了。这时，人们往往会选择自己喜欢的明星做广告代言的产品，因为觉得反正东西都差不多，那就这么选吧！

可是制作广告要花钱，在电视台投放广告要花钱，而且都价格不菲，那么这些钱来自哪儿呢？其实，消费者购买的商品里面已经包含了广告费，这也就意味着，羊毛出在羊身上，这些广告费用最终都是由消费者来买单的。

校服的广告模特由谁来做？

在韩国，初中生、高中生在挑选校服时往往会选择自己喜欢的明星所代言的品牌，所以，我们看看校服的广告模特都有谁，就知道现在最受青少年欢迎的明星是谁了。

广告不止于广告

电视上的广告不只在广告时间才有，在播放节目的时候也仍有广告的身影。

你看，综艺节目的嘉宾身穿运动服，你看着他们穿着运动服奔跑的身影，可能渐渐地就会认为这个运动服很不错，有时候你还会好奇："他们穿的运动服是什么牌子的？"其中肯定会有人因为非常喜欢这身运动服而去购买相同款式。

我们经常会看到一种现象：人气明星在出演电视节目的时候穿的衣服、鞋子，提的包包很快就会售罄。有的明星不管穿什么亮相，同款产品很快就会被一抢而光，因而获得"带货王"的别称。这种现象绝非偶然，因为明星们身上穿的衣服往往是服装公司花钱赞助的，目的就是影响观众。这种广告就被称为"间接广告"。

间接广告不止明星的衣服，所有家具、电子产品、化妆品、饮料等，各种产品都会有间接广告。间接广告的广告费相对较低，也不那么令人讨厌，所以效果不错。如果在普通广告里大肆宣扬自己的产品，很多人往往就不买账："广告嘛，你当然那么说了！"可是当一种产品在节目里时不时地亮相，观众们往往根本意识不到这是广告，很容易被吸引。

出现在电影里的巧克力

出现在《E.T.外星人》里的里斯巧克力便是一个间接广告大获成功的绝佳案例。这部电影里有一个主人公吃巧克力豆的镜头，随着电影的风靡，该商品的销售量也暴增。

57

隐藏在动画片里的广告策略

人气动画片波鲁鲁的制作公司研发了许多波鲁鲁周边产品，赚了一大笔钱。我的弟弟非常喜欢看波鲁鲁，但是他在看动画片的同时，也在看广告。

而电视上播放的其他动画片里也暗含着广告战略。有些孩子在津津有味地看完关于机器人的动画片以后，便会央求爸爸妈妈给他们买动画片后面的广告里所出现的机器人玩具。

以前的动画片主人公只有一个机器人，但如今动画片里机器人的数量增多了，因为如果只有一个主人公，那么商家就只能卖一种机器人，但如果主人公有很多个，商家便可以卖掉许多种机器人。过一段时间之后，动画片里机器人主人公的形象还会发生改变、进化，有时候几个机器人会聚在一起组合成一个巨大的机器人，如此一来，孩子们肯定会缠着爸爸妈妈买新玩具。

广告在制作时都会研究消费者的心理需求，让人们产生相应的需求。人们反复地看过这些制作精良的广告以后，就会产生一种拥有该物品的欲望。有些东西，在没看广告的时候人们甚至都不知道它的存在，即使没有它，生活也没有任何不便；可是在看过广告之后，就会从心底里滋生出想拥有的欲望。

公益广告的故事

巴西残疾人体育协会曾拍摄了这样一则广告。一名坐在轮椅上的残疾人手里拿着一个篮球,以坚毅的眼神凝视着镜头,这时传来了一句画外音:"比尔·盖茨每天坐着工作十五个小时,那么你不愿意雇用残疾人的借口是什么呢?"原来这是一则助力残疾人就业的广告。

荷兰曾制作了一则消除贫困的广告,在这则广告里出现了一只从超市购买的鸡,画外音响起,说的是:"这只鸡吃的药(抗生素)比东帝汶的一个孩子所需要的还多。"这则广告提醒我们关注那些饱受疟疾等疾病的折磨,却从未有机会接受药物治疗,因而死去的穷人们。

这些广告的目的并不是要销售什么东西,而是为了传播正能量。"广告"这个词原本的意思就是"广而告之",这些把良好的思想广泛地告知给人们的广告,就被称为"公益广告"。

第六章

钱的责任

钱是负有责任的。因为花钱意味着与别人结成关系，所以我们不可以任性妄为。

这个世界没有人能独活，那么下面我们就来探讨一下，怎么使用钱才能创造出一个人际和谐、幸福与共的社会。

61

身边的故事 **分享幸运的集市**

未来小学四年级一班的第七次分享集市圆满结束以后，同学们召开了一次班级会议，因为他们要做出一个重要的决定：通过分享集市攒下的钱应该怎么花。那么，这些钱是怎么来的呢？

原来，在分享集市刚刚开张的时候，老师就对同学们说："在分享集市上交换物品，你们便会收获幸运。因为同学们把自己不需要的东西拿出来，交换自己需要的东西，所以分享集市本就是分享幸运的集市。"

因此，四年级一班的同学们约定，为了表示他们的感激之情，每次当他们觉得幸运的时候，都会往班级的存钱罐里投一点零钱。他们举办了七次分享集市，每次举办的时候，同学们都会向存钱罐里投入一百韩元或是一千韩元，以示自己的感恩之情。没想到积少成多，他们把存钱罐里的钱全部拿出来数了一下，一共有十二万八千三百韩元。

对于这些钱该怎么支配,同学们纷纷提出了各自的计划。有的说:"我们订些比萨,举办一个班级派对吧!"有的说:"我们再添一些零花钱,一起去游乐园吧!"这些计划都很让人兴奋,可这时灿宇说道:"我们举办分享集市的初衷在于把仍然能用,但自己不再需要的东西拿出来与同学交换,这样既可以节约零花钱,也可以帮助保护地球的环境,所以我希望对于这些钱的用途我们最好再认真考虑一下。"

很多同学对灿宇的意见纷纷表示同意。经过调查、讨论,四年级一班的同学们最终得出了结论,他们决定把这部分钱捐赠给一个慈善机构,这个慈善机构会用这些钱来购买面粉,寄给粮食不足、贫困交加的儿童。

尚美说:"我们少吃一次比萨,就可以给贫困的孩子买一份最好的礼物,这真是太棒了。"听了这话,珍熙也附和道:"这几次的分享集市让我觉得很愉快,但这件事才是最让我开心的!"

方圆百里 无饥馑

下面这段话是朝鲜庆州崔氏的一个大户人家世代相传的祖训：

可以应科举，不可接受进士以上的官衔。
荒年勿买地，务令方圆百里无饥馑。

你是不是觉得匪夷所思呢？这个祖训居然告诫子孙后代不要追求高官厚禄，不要聚敛太多财富。官位难道不是越高越好，财富难道不是越多越好吗？

在遭遇荒年的时候，农民没有饭吃就会卖掉土地，这时如果以便宜的价格购买土地，就有机会变成大富翁，但那些卖地的人就再也无法摆脱贫穷了。

所以这个时候道德高尚的有钱人不该收购土地来赚钱，而应该开仓放粮，赈济灾民。唯有如此，这些穷人才有可能战胜眼前的急难，第二年才有重整旗鼓、勤恳劳作的机会。

一同分享！

庆州崔氏祖训的深刻用意便在于告诫子孙后代不要乘人之危，应多多周济穷苦之人。在韩国，贵族义务强调的就是社会里位高权重或是富甲一方的人应当承担的责任，也就是对他人做出更多的贡献，肩负起更多的社会责任。当承担起贵族义务的富豪越来越多，这个世界难道不会变得越来越美好吗？

贵族义务的由来

古罗马初期的贵族以奉献与捐赠为传统。他们认为奉献与捐赠既是一种义务，也是一种荣誉。在发生战争的时候，贵族们身先士卒是顺理成章之事。

钱不是万能的

小朵班最近举行了一次会议,原因是班里有些同学在值日的时候总是不干活就偷偷溜走。这次会议商讨出的办法是对逃避打扫卫生的值日生给予每人每次一千韩元的罚款。

那么,自从有了这一条班规,小朵班的同学们都开始认真打扫卫生了吗?对于大部分同学来说,一千韩元的罚款让他们有些吃不消,所以他们便不再偷跑,而是开始认真地做值日了。但是,班里的敏贞和秀美情况却与众不同,她们两个平时有很多零花钱,所以宁愿交罚款,也不愿意打扫卫生。而且当别的同学责怪她们逃避值日的时候,她们便堂而皇之地回答说:"我已经按照规定

交罚款了呀，还有什么问题？"

怎么样，听完这个故事你是不是觉得十分愤怒？是不是感觉这个规定有弊端？很多人以为钱是万能的，只要让那些不遵守规定的人交罚款就万事大吉了。但是在小朵班里，这么做的结果却是有一些同学在交了罚款以后便堂而皇之地不做值日了，可那些零花钱不多、承担不起罚款的同学就只能乖乖去打扫卫生，这让人以为仿佛这种事情可以用钱去摆平。

世界上确实有许多事情可以用钱去解决，但有些事情却不能。如果我们用钱去解决良心、责任感、关怀等应该用心去解决的问题，那些有责任感的人便会怒不可遏、沮丧异常。

摩托车超速罚款1.6亿韩元

芬兰诺基亚公司的执行副总裁安西·范约基曾因骑摩托车超速而被罚款，你知道罚款的金额是多少吗？11.6万欧元（大约合1.6亿韩元，90万元人民币）。很多欧洲国家罚款时都会考虑到违法者的收入与财产情况，越有钱的违法者，被罚的款也就越多。

贫穷是谁之过？

贫穷的人那么贫穷，究竟是谁的过错呢？有的人说，穷人之所以穷，是因为他们懒惰或能力不够。果真如此吗？

有的人因为生病或残疾无法工作，有的人想工作却找不到职位，有的人虽然在工作赚钱但赚到的钱却太少了，想要维持上有老下有小的生活显得捉襟见肘。这些人都不懒惰，那么是他们没有能力吗？

东烨想做一名厨师，需要考资格证，但由于家境困难，他一直没有机会正式学习烹饪，只能在餐厅里给别人打下手。成敏努力工作，攒了一点钱开了一间小小的杂货店，但后来小店附近开了一家大型打折超市，小店里的客人越来越少，杂货店的经营也越来越难以为继。

一个人要发挥他的能力，必须有相应的机会，但对穷人来说，这种机会却不易得到。

比如在一场赛跑中，哲秀穿着一双质量上乘的运动鞋，起跑线也比别人提前五十米，而小美的起跑线则在他五十米后，她没有鞋子，只能赤着脚跑。在这场比赛里，就算哲秀赢了，也没有人会认为哲秀的能力出类拔萃，只会说这场比赛不公平。同理，不少穷人之所以穷困，也是因为他们和富人的起跑线差距很远。

贫富差距是严重的社会问题

发达国家里也有穷人。贫富差距是所有社会组织都要面对的一个严峻问题，而这个问题最严重的几个国家或地区分别是：居第一位的中国香港，居第二位的新加坡，居第三位的美国。韩国居第十六位（据联合国开发计划署2009年数据）。

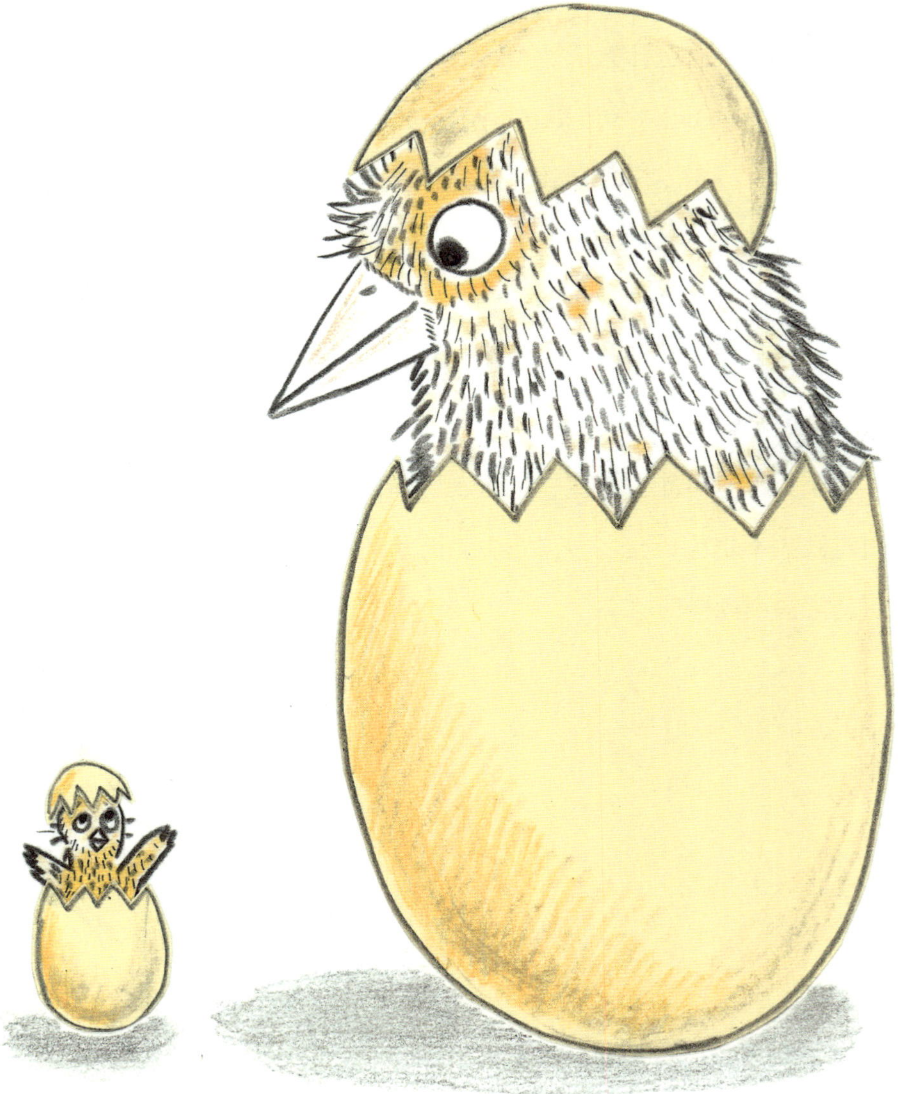

向着人人幸福的国度进发

赚钱多的人本身就是幸运的。当然，他们确实也是在通过自己的努力去赚取财富，但同时也是基于他与世间芸芸众生的关系。如果世间只有他一人独活，那么这些钱还有什么用处呢？所以，他才需要与别人分享他的幸运。

很多国家规定，一个人赚的钱越多，就要交越多的税，政府则可以用这些税收做许多工作，这些工作可以让生活在这个社会里的人更有尊严，更加幸福。

比如，给失业者发放生活补助，给生病的人发放医疗补贴，给年事已高再也无法工作的人支付退休金，这些都被称为"福利制度"，这种拥有完善的福利制度的国家则被称为"福利国家"。

每个人都有可能会返贫、失业、生病，每个人都会变老。当一个人面临困境的时候，不是凭一己之力去解决，而是凭借整个社会的力量去解决，这种社会便是"福利社会"。

捐赠让人更幸福

所谓捐赠就是与别人分享自己的财富或者能力。韩国目前已经算是世界上数得着的经济强国，但是捐赠文化却仍然处于起步阶段。2010年英国的慈善援助基金会与民意调查机构盖洛普公司共同发布了《2010年全球捐赠指数报告》。根据这份报告，在所有作为调查对象的153个国家中，韩国与坦桑尼亚并列第81位，而斯里兰卡位列第8位，老挝与塞拉利昂并列第11位。由此可见，韩国的捐赠指数可以说是太低了。

比尔·盖茨、沃伦·巴菲特等全球知名富豪因屡屡捐赠天文数字般的巨额财富而受到交口称赞，相较之下，韩国有的富豪却对捐赠表现出吝啬的态度。

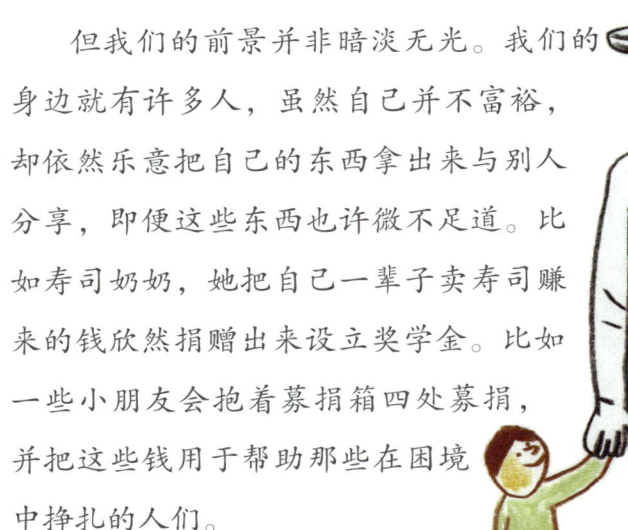

但我们的前景并非暗淡无光。我们的身边就有许多人，虽然自己并不富裕，却依然乐意把自己的东西拿出来与别人分享，即便这些东西也许微不足道。比如寿司奶奶，她把自己一辈子卖寿司赚来的钱欣然捐赠出来设立奖学金。比如一些小朋友会抱着募捐箱四处募捐，并把这些钱用于帮助那些在困境中挣扎的人们。